VENTE DU 25 MAI 1895

HOTEL DROUOT, SALLE N° 6

TABLEAUX

MODERNES

Mᵉ PAUL CHEVALLIER

COMMISSAIRE-PRISEUR

M. BERNHEIM JEUNE

EXPERT

EX LIBRIS LEMARIE

IMPRIMERIE DE L'ART.

CATALOGUE

DE

14 TABLEAUX MODERNES

PAR

Benouville, Rosa Bonheur, Cabanel, Corot,
Daubigny, Decamps, Gudin, Jacque, Jongkind,
Roybet, Saint-Jean et Ary Scheffer

DONT LA VENTE AURA LIEU

HOTEL DROUOT, SALLE N° 6

Le Samedi 25 Mai 1895

à 3 heures

COMMISSAIRE-PRISEUR	EXPERT
Me PAUL CHEVALLIER	**M. BERNHEIM JEUNE**
10, rue de la Grange-Batelière, 10	8, rue Laffitte, 8

EXPOSITION PUBLIQUE

Le Vendredi 24 Mai 1895, de 1 heure 1/2 à 5 heures 1/2

CONDITIONS DE LA VENTE

Elle sera faite au comptant.

Les acquéreurs payeront *cinq pour cent* en sus des adjudications.

Paris. — Imp. de l'Art, F. Moreau et Cie
41, rue de la Victoire.

DÉSIGNATION

TABLEAUX MODERNES

BENOUVILLE

(LÉON)

1 — *Saint François d'Assise, transporté à Sainte-Marie-des-Anges, bénit la ville d'Assise.*

Réduction du tableau du Musée du Louvre.

Haut., 48 cent.; larg., 1 m. 18 cent.

(Vente Jacobson, avril 1876.)

ROSA BONHEUR

2 — *Le Repos du troupeau.*

Sépia rehaussée.

Signé Rosa Bonheur, 1850.

(Vente Jacobson, avril 1876.)

CABANEL

3 — *Poète florentin.*

« Assis sur le banc de marbre d'une villa, le poète fait sans doute la glose d'un sonnet d'amour platoniquement alambiqué à la mode du temps. Un jeune couple, l'amant, beau jeune homme de vingt ans; la maîtresse, délicieuse blonde au pur profil, écoutent réciter le poète... Plus loin, se tient accroupi, avec une pose de nonchalance heureuse, un autre compagnon, également jeune et beau. Un troisième s'est allongé sur le dossier du banc et, la tête entre ses mains, savoure à son aise la poésie. »

THÉOPHILE GAUTIER, *Salon de 1861.*

Haut., 60 cent.; larg., 1 m.

(Vente Jacobson, avril 1876.)

COROT

4 — *La Charrette*.

La voiture chargée de foins sur les-
quels est assis un paysan, attelée d'un
cheval blanc, traverse une mare et se
dirige vers des gazons qui se trouvent
à gauche.

L'eau en est argentée et reflète un
ciel délicat où les nuages courent
avec légèreté.

L'herbe émaillée de fleurettes est
abritée par des bouleaux au feuillage
ténu, et où l'atmosphère circule libre-
ment.

Au fond, on aperçoit un village
dont les toits roses jettent des notes
délicates qui égayent l'horizon.

Signé à gauche : Corot.

Toile. Haut., 27 cent.; larg., 35 cent.

DAUBIGNY

5 — *La Route*.

Le chemin s'éloigne vers le fond et disparaît dans un coude.

Il est bordé à gauche par des fermes vivement éclairées par les rayons du soleil, et, sur l'autre côté de la route, des arbres cachent à demi une maison.

Une femme est assise près d'un tas de pierres, à droite et en avant du tableau ; sur la route, quelques poules picorent.

Signé à droite : Daubigny, 73.

Bois. Haut., 36 cent.; larg., 24 cent.

DECAMPS

6 — *La Porte d'un fort*.

Aquarelle gouachée.
Signé : Decamps.

(Vente Jacobson, avril 1876.)

DECAMPS

7 — *Au Cabaret.*

Crayon.
Signé : D. C.

(Vente Jacobson, avril 1876.)

GUDIN

8 — *Marine, bateaux de pêcheurs en mer, effet de soleil.*

Daté 1846.

Haut., 29 cent.; larg., 39 cent.

(Vente Jacobson, avril 1876.)

JACQUE

(CH.)

9 — *Le Printemps.*

La bergère est vêtue d'un corsage bleu et d'un tablier recouvrant une jupe brune, et coiffée d'un bonnet rose.

Elle tient de la main gauche un bouquet de fleurs des champs qu'elle vient de cueillir, et que, nonchalamment, elle tend à l'agneau préféré. De l'autre main, elle tient un bâton, qu'elle dissimule derrière le dos.

Son chien se trouve près d'elle; et à droite, sous le feuillage d'un chêne, le troupeau est rassemblé.

Le ciel est menaçant et l'orage approche.

Cette œuvre, de la meilleure époque du peintre, est traitée de la façon la plus délicate, et peut, à juste titre, compter parmi ses meilleures.

Signé à gauche : Ch. Jacque.

Toile. Haut., 40 cent.; larg., 31 cent.

JONGKIND

10 — *Marée haute (Honfleur).*

Un bateau, toutes voiles déployées,
gagne lentement le large. Au loin,
quelques vapeurs dont la fumée se
profile sur un ciel nuageux.

A droite, une barque, et plus loin
un bateau pêcheur et le phare de
Honfleur.

Au fond, on aperçoit la terre éloi-
gnée, aux nuances grises.

Signé à droite : Jongkind. Honfleur, 1863.

Toile. Haut., 29 cent.; larg., 40 cent.

ROYBET

(F.)

11 — *La Bataille.*

Deux pages se battent. L'un d'eux.
étendu à terre, arrache les cheveux de
celui qui l'a terrassé.

Derrière eux, deux autres pages,
richement vêtus, s'amusent et raillent
le vaincu.

Signé à gauche : F. Roybet.

Toile. Haut., 37 cent.; larg., 27 cent.

SAINT-JEAN

12 — *Roses blanches.*

Un rosier blanc tout en fleurs et
des pavots entourent un fût de co-
lonne brisée qui porte encore un
reste d'inscription : « 16 ans. »

Ce tableau peut être considéré
comme une œuvre des plus char-
mantes du peintre.

Daté 1846.

Haut., 1 m. 3 cent.; larg., 82 cent.

(Vente Jacobson, avril 1876.)

SCHEFFER

(ARY)

13 — *Mignon aspirant au ciel.*

« Laissez-moi paraître ainsi : ne m'ôtez pas ma blanche robe. Je vais quitter cette belle terre pour descendre dans la demeure immuable.

. . . .

« J'ai vécu, il est vrai, sans souci ni peine ; mais une profonde douleur habitait mon cœur. La souffrance m'a vieillie trop tôt ; rendez-moi jeune pour toujours. »

Wilhem Meister, DE GŒTHE.

Réduction du grand tableau qui faisait partie de la galerie du duc d'Orléans.

Forme cintrée. Haut., 35 cent.; larg., 22 cent.

(Vente Jacobson, avril 1876.)

SCHEFFER

14 — *Mignon regrettant sa patrie.*

« Connais-tu le pays où le citronnier fleurit? Dans les sombres feuillages mûrit l'orange dorée ; un doux vent descend du ciel bleu ; le myrte est modeste et le laurier superbe. Le connais-tu bien?... Là-bas! là-bas! je voudrais, ò mon bien-aimé, aller avec toi. »

Wilhem Meister, DE GŒTHE.

Réduction du grand tableau qui faisait partie de la collection du duc d'Orléans.

Forme cintrée. Haut., 35 cent.; larg., 22 cent.

(Vente Jacobson, avril 1876.)